KB270478

꿈꾸는 물

꿈꾸는 물
ⓒ권달웅, 2019

지은이_ 권달웅

펴낸곳_ 도서출판 도훈
교정_ 유수진 / 디자인_ 한가윤

초판발행_ 2019년 11월 15일
 3쇄발행_ 2020년 11월 25일

서정의서정 편집위원_ 권달웅, 나태주, 조창환
                    유재영, 이준관, 윤석산
"서정의서정"은
도서출판 도훈에서 발행하는 서정시 시리즈입니다.

사무실_ 서울시 서초구 법원로3길 19 2층, w109호(양지원빌딩)
전화_ 010-6722-4621, 0507-1453-4621
팩스_ 0504-227-4621
이메일_ hello@dohun.kr
홈페이지_ http://www.dohun.kr

ISBN_ 979-1189537-28-9 03810
정 가_ 10,000원

「이 도서의 국립중앙도서관 출판예정도서목록(CIP)은 서지정보유통지원
시스템 홈페이지(http://seoji.nl.go.kr)와 국가자료공동목록시스템(http://
www.nl.go.kr/kolisnet)에서 이용하실 수 있습니다. _CIP2019044904 」

도서출판 도훈은 수익금의 일부를 학생들을 위한 장학금으로 지급하고 있습니다.

좋은 책 만드는
도서출판

꿈꾸는 물

권달웅 시집

차례

■ **나의 문학 나이 인생**

1부

버드나무 천성

저녁 어스름

풀벌레 소리가 자욱하다.
먼 산이 실루엣처럼 검어지는
저녁 어스름에는
휘휘한 연기가 덮인다.

팽나무 가지에 옮겨 앉은 새들이
마른 소리로 지저귄다.
우중충하게 물러선 하루가
뒤에서 수군거린다.

어제와 같이 되풀이되는
건조한 오늘은 아득히
지나가는 건들바람이 되는 것
안개가 되는 것,

풀밭에 흩어지는 풀씨처럼
어슴푸레한 별이

저녁 어스름 길을 돌아오는 나에게
쓸쓸한 눈짓을 보낸다.

당인리 근처

회화나무 그늘에서 새가 지저귄다. 당인리 근처엔 박
목월이 사지 못하고 봐둔 한 백 평 가량 자투리땅이 남
아있다. 동학사 들어가는 골목엔 한 달이 다르게 커피점
이 들어선다. 가끔 폴 발레리, 스티븐 스펜더, 김종삼이
시집을 들고 지나간다. 표지디자인을 하는 유재영이 나
무 백과사전을 들추다가 불쑥 권달웅 시를 읽고 장족의
발전을 했다고 웃는다. 먼저 떠난 신현정 조정권 김원각
이 새처럼 날아와 백석 시를 읊조리고 간다. 멀지 않아
서강에 봄비 내리면 절두산 선교사 묘비 둘레에 핀 개나
리꽃처럼 나도 동학사 옛 길을 물어물어 찾아갈 것이다.

소쩍새 울다

적요한 새벽 마당을 쓸어 놓은

싸리비 자국처럼

간밤 서리를 하얗게 덮어쓴

들국화 향기처럼

모든 것이 떠나 버린 빈자리에 남은

소슬한 적막을 이끌고

소쩍새가 날아와

밤새도록 울어주고 있다.

아름드리 느티나무

두물머리 강가 느티나무는
강 쪽으로 구부러진다.
한 많은 일월을 굽이쳐
돋아난 힘줄이
정맥처럼 우툴두툴하다.

한발과 적설에 구불구불
뒤틀어진 몸통에
여기저기 혹이 불거져 있다.
무량한 바람과 빛이
풀잎처럼 일렁거린다.

키 큰 느티나무가
술렁거리고 솟아오른 높이만큼
먼 거리를 재는 하늘에는
두 강물이 남북을 달리는
열차처럼 지나간다.

하잘 것 없이 작은 것이 모여

푸르른 힘을 드리운

두물머리 아름드리 느티나무 그늘에

사람이 기다리고 있다.

지하철 정거장에서

내려야할 역을 지났나요.
불빛에 젖은 얼굴들이
줄줄이 흔들린다.
겨우 앉은 자리엔
방금 일어선 사람 온기가
미지근하게 남아 있다.

모르는 사람들이
석고처럼 굳어진 채 고개를 숙이고
휴대폰에 빠져 있다.
손으로 주고받는 침묵이
파리하게 오간다.

어디서 만나지 않았던가요.
평행선상에서 흔들리는
지하철에서 잠깐씩
낯선 얼굴이 낯선 얼굴을 서로

멍청하게 바라본다.

잠실나루와 강변 사이 유리창에는
강물이 흘러가고
언강에서 울던 철새들이
하얗게 떼 지어 날아간다.

기억나지 않는가요.
달리는 지하철에서
저마다 각각 다른 생각에 젖은
어두운 얼굴들이
2분마다 오르내린다.

버드나무 천성

버드나무 그늘에 누워 바람에 흔들리는 버들잎 소리를 들어 봅니다. 푸른 버들잎에 실려 무한천공을 날아가는 사람은 아무 구애됨이 없이 배꼽을 드러내놓고 불로장생하는 용꿈을 꾸고 있습니다. 바람에 부딪치는 무수한 버들잎 소리를 듣는 사람은 대붕처럼 시작도 끝도 없는 구만리장천을 날아갑니다.

휘어져도 꺾이지 않는
푸른 마음아,
가늘어서 부러지지 않고
휘휘 휘늘어진
버드나무야,

수천만 마리 은어 떼처럼
하늘을 거슬러 오르는 푸른 생명아,
살기 위해 흔들리고
흔들려서 다시 제자리로 돌아오는

질긴 절망아,

약하고 강함이 모두
너의 부드러움 속에 있다.
세상사에 시달려도
태어날 때부터 지닌 천성을
잃지 않는 정신아,

소란한 바람에 휘몰려도
여유를 누림으로써
다시 살아나고
더 푸른 하늘을 껴안는 네 마음을
내 다 안다.

정면으로 맛서지 않고
구부러짐으로써 꺾이지 않는
더 크고 자유롭고

더 드넓은 그늘을 차지하는 네 힘을

내 다 안다.

시인의 결혼

1980년 5·18광주민주화운동이 일어나기 일주일 전이었다. 이준관 시인의 결혼식에 참석한 시인들이 전주식당에서 술을 마시고 있었다. 그 때 갑자기 십여 명의 검정양복들이 우르르 몰려들어와 1층을 비워달라고 했다. 술이 불콰해진 한 시인이 떡하니 일어나 깃발을 들었다. "우리가 누군 줄 아시요. 저 분은 온 국민이 사랑하는 '파란마음 하얀 마음'을 쓴 어효선 선생님이십니다." 그 날이 5월 11일 동학농민혁명 기념일이어서 기념식에 참석했던 김대중 선생이 전주식당을 찾았던 것이다. 웅성거리던 일행은 다리가 불편한 그 분을 따라 아무 말 없이 2층으로 올라갔다. 그 광경을 바라보던 시인들은 일제히 와아 환성을 지르며 민주화를 이루어낸 듯 만세를 불렀다. 시인이 결혼한 날의 기쁨과 호기는 피로연이 끝나고 내장산에 오를 때까지 이어져 소나기에 불어난 산골 물처럼 요란하게 떠들어댔다.

꿈꾸는 물

멎지 않고 멀리까지 이어지는
물은 아래로 흘러갈수록
단단히 손을 잡는다.
모든 것을 끌어안는다.

자신을 드러내지 않고
먼 길을 물어물어
더 이상 갈 수 없는 데까지
굽이치고 부딪치며
도도하게 흘러간다.

하류로 내려갈수록
물소리는 깊어지고
더욱 사나워진다.
어제는 죽은 물고기가
강물에 떠올랐다.

누가 소리치지 않아도
물은 절로 물을 따라 흐르고
그 소리를 알아듣는 사람은
새겨서 다 듣는다.

뒤집히고 뒤섞이면서
큰 산 그림자를 껴안아주는
그 마음을 아는 사람은
짐작해서 다 안다.

막힌 길을 돌아나가는
강줄기를 따라 산맥을 따라
순리대로 살아가는
투명한 소리들아,

휘어지지 않기 위하여
휘어지는 밤,
가슴으로 듣는 물소리

나를 따라온 그림자

하루 24시간은 쉴 새 없이
발걸음을 재촉한다.
뒤를 돌아보지 않고
도착할 시간에 늦지 않도록
초침을 따라간다.

동지 이후 밤이 길어지면
낮은 점점 짧아진다.
하얗게 꼬리를 흔드는 별똥별이
어느새 내 그림자를 지우고
아득히 사라진다.

얼어붙은 강 밑바닥으로
흘러가는 물처럼
한 곳에 머물지 못하는
내 그림자는 조금씩
조금씩 자리를 바꾼다.

길어지면 짧아지고
짧아지면 다시 길어지는
낮과 밤의 운행을 따라
내 그림자는 하루에 0.5mm씩
자리를 옮겨간다.

동지 이후 낮이 짧아지면
내 발걸음은 점점 빨라진다.
초조해지는 마음만큼
길게 늘어선 앙상한 가로수 그림자가
내 등에 어른거린다.

123층 롯데 타워 불빛이
어둠속에서 깜박거리다가 꺼지고
밤은 무덤처럼 고요해진다.
나를 따라온 그림자가
어느새 173cm 내 키를 덮는다.

하늘공원 가는 길

하늘공원 가는 고적한 길에
페인트가 벗겨진
긴 나무 의자 하나 놓였다.

스산한 바람을 따라
먹고 버린 빵 비닐봉지를 핥는
고양이 혓바닥 같은
저녁 해가 지고 있다.

여름내 소란하던 나뭇잎이
고요에 물들고
어느새 단풍진 상수리 열매가
지상에 툭 떨어진다.

하얀 억새꽃처럼
누가 지나가다 한 번 만져보라는 듯
발가락을 내밀고

하늘공원 가는 긴 나무 의자에
내가 누웠다.

코뿔소의 뿔

튀어나온 바위덩이같이
거대한 코뿔소가
멸종위기를 알아차리고
앞으로 내달린다.

힘에는 힘으로 부딪쳐
위기를 탈출하겠다고
뿔을 내밀고 달려 나가는 기세가
폭풍처럼 사납다.

끝까지 살아남기 위하여
몸부림치다가 죽음에 맞닥뜨려
주춤 뒤로 물러서는 눈빛이
증오를 내뿜는다.

거칠게 식식거리며
숨을 몰아쉬는 힘이

아무리 거센 힘도 다 쳐부수고
제압할듯하다.

힘 센 무리들과 부딪치면
무조건 정면으로 들이받아
내가 죽기 전에 먼저 너를 죽이겠다고
뿔을 내밀고 돌진하면서,

죽은 뱀이 살아나서

청량사 올라가는 길에서
개구리를 물고 가는
뱀을 잡았다.

살아있는 것을 내려치는
물푸레나무 작대기 끝으로
죽음의 냉기가
둔탁하게 전해왔다.

찔레 덤불에 길게 축 늘어져
죽은 그 놈이
밤이면 살아서 세모 대가리를 쳐들고
내 몸 속으로
꿈틀거리고 기어들어왔다.

죽은 뱀이 살아나서
혓바늘을 날름거리며

독 있는 천남성 열매 같은 눈을 뜨고

나를 노려보고 있었다.

자화상

내뿜는 파이프 연기에서
한숨이 퍼져나간다.
노랑 물감을 뿌려놓은 별이
회오리를 일으킨다.

창백한 달빛에 흔들리는
사이프러스 그림자가
빈센트 반 고흐의 가슴속에서
검은 연기로 타오른다.

잘려나간 나무 밑동처럼
모든 사람들에게
사랑 받지 못하고 외면당해도
동생에게서 온 편지엔
별빛이 촉촉하다.

사무치는 달을 우러르는

형형한 눈빛이

상처투성이인 자신을 응시하듯

한 쪽 귀에

하얀 붕대를 감고 있다.

팔각유엔성냥

　6·25전후에 나온 팔각유엔성냥엔 집결된 병사처럼 성냥개비가 빽빽하게 들어차 있었다. 빨간 화약을 뒤집어쓴 성냥개비는 아무데나 대고 쓱 그어도 딱 소리를 내면서 불꽃이 일어났다. 철없던 나는 그 딱 소리가 재미있어 아껴 쓰는 성냥개비를 마구 그어대다가 팔각유엔성냥 통째로 폭발한 적이 있었다. 일시에 내 몸이 화약냄새로 가득 찼다. 폭격기 소리에 다급히 나를 업고 뛰던 피난길에 벗겨진 어머니 한 쪽 신발처럼 불안한 가슴에 화염이 번쩍거렸다.

파리

시인 유재영이 김학민을 만나 회기동에서 낮술을 하고 있었다. 자욱한 안개 속에 노인이 끄는 리어카 한 대가 대학서림 앞에 멈췄다. 김학민이 표지가 떨어진 김기림 『시론』을 펼쳐 들었다. 이어서 유재영이 『파리』를 집어 들고 어어 소리를 질렀다. 『파리』는 김환기 부인 김향안(본명 변동림, 전 이상 부인)의 첫 수필집이었다. 1962년 발행한 이 책은 김환기가 표지장정을 하고 수필 한편마다 그린 삽화에 일일이 정성들여 색칠한 것이었다. 나중에 찾아온 한 시인이 『파리』를 사려고 침을 꿀꺽꿀꺽 삼켰지만 시안이 청명한 유재영은 눈도 끔쩍하지 않았다.

애쓰지 마라

오로지 먹고 살기 위해
이리저리 굴러다니고
아우성쳐온 온몸이
피로 얼룩져 있다.

지식은 무엇에 쓰는가.
각혈하고 쓰러지면서도
주유소 직원 날품팔이 잡역부
트럭운전사 우편집배원을
전전해온 슬픈 노동자,

지옥에서 기어 나온 개처럼
험하게 굴러온 밑바닥 인생을
그대로 옮겨 써서
독자들 마음을 뒤흔들었던
찰스 부코스키,

오로지 먹고 살기 위해

몸으로 소리쳐 온

그의 묘비엔 이렇게 씌어있다.

'애쓰지 마라'

뒹구는 몽돌은 알고 있다

해변에 자르르르 뒹구는 몽돌 소리

성난 파도에 곤두박질치고 뒹구는 몽돌은 안다. 길고긴 날 돌이 돌과 부딪쳐 모지라진 몽돌은 세상살이 고난이라는 걸 안다. 깨어져 울퉁불퉁 모난 돌이 동글동글한 몽돌이 되어 알락달락한 빛깔을 품고, 해와 달이 되고, 물새가 된다. 내일이 아무리 캄캄해도 오늘 하루해는 수평선에서 출렁거린다. 오늘이 어제와 똑같이 부패해도 해는 떠오른다. 밀려가고 밀려오는 파도를 따라 자르르르 뒹구는 몽돌은 이 세상 소리를 다 안다. 광장에 모인 군중들이 펼쳐든 플래카드처럼 파도는 스크럼을 짜고 몰려와 하얗게 부서진다. 새벽은 아직 멀었지만 반질반질한 몽돌이 여는 여명 소리를 듣고 있는가. 파도는 찢기면서 몸부림치고, 그 동글동글한 소리를 알아듣는 사람은 짐작해서 다 안다.

찢기고 부서지면서
살아나는 파도여,

2부

실잠자리 날개

귀가

새들이 푸드득거린다.
황소 발자국 만해진 해가
어두워오는 하늘로 넘어가면
고단한 집들이 저마다
등불을 켠다.

장님 행렬을 이룬 일개미들이
먹을 것을 물고
보금자리로 돌아온다.
바쁘게 걸어온 날이
구불구불한 길을 따라간다.

아침에 오던 길로 되돌아가는
쓸쓸한 시간에 부딪치는
후회 같은 것
미움 같은 것이
불빛 속에 가물거린다.

공손한 밥

오늘 하루 너는
한 끼 밥 먹을 만큼
땀 흘려 일했느냐.
두 손으로 받아들고
공손히 밥 먹어라.

쌀 한 톨 한 톨에는
농부의 땀방울이 스며들어있다.
그냥 쌀이 아니다.

하루 종일 불볕에서 엎드려
일해 보았느냐.
두 무릎 꿇고
한 알도 흘리지 말고
공손히 밥 먹어라.

풍문

오래 만나지 못한 사람을 만나면 먼저 아이구 소리를 지른다. 모처럼 만난 반가움이거나 그냥 건성인사이거나, 죽을병에 걸렸다가 겨우 살아났기 때문일 것이다. 그 사이의 기막힌 사연을 들어보면 가슴 저리다. 내가 무슨 말로 남을 위로할 수 있겠는가. 감당할 수 없는 슬픔을 당한 사람에게는 아무 말도 귀에 들어오지 않는다. 큰 회사가 쫄딱 망한 동창, 말기 암으로 사경을 헤매는 친구, 자식이 다섯이어도 홀로 버려진 어머니, 시집 간 딸이 목매달아 죽은 아버지를 만나면 내가 무슨 말을 할 수 있겠는가. 풍문으로 들어오던 사람을 만나면 아이구 그 한 마디 말밖에는 아무것도 없다.

소로우 오두막처럼

새끼손가락만한 말벌이
한 해 휘어진 느티나무 가지에
둥근 집을 지었다

소로우 오두막처럼
통나무 껍질을 갉아와 집을 짓고
그 속에 또 작은 집 몇 채를
층층이 지어놓았다.

등골이 빠지게 엎드려 노동한
삽을 내려놓는
농부의 아픈 가슴에 젖는 노을빛 같은
붕붕 거리는 날갯짓 소리,

헛간 같은 집 천정에
지구의 같은 둥그런 집을 짓고
비에 젖지 않게
구멍 하나만 내어 놓았다.

도깨비방망이

군중들을 밀치고 광화문 거리에
가시 방망이를 내리치는
도깨비가 나타났다.

햇불을 들고 몰려든 군중들에게
음산한 빛을 발하며
하늘 무서운 줄 모르고
마구 힘을 휘둘러댔다.

가시 방망이 하나만 믿고
독선과 위선을 일삼는 도깨비는
어느 날 뚝딱하는 소리에
그만 썩은 나무토막이 되었다.

헛되고 헛되도다.
원하면 무엇이든 해내고
힘을 가지면 마구 휘두르는

헛된 욕망이여,

올려보면 볼수록 커지고
내려다보면 볼수록 작아지는
도깨비방망이여,

샛강 수달

물길을 따라 달아나는
물고기를 쫓아
물갈퀴를 휘젓는 수달은
몸이 유연하다.

수초가 자라나는
외진 강기슭 바위틈에
몸을 숨기고
죽은 나무 삭정이로
허접한 집을 짓고 산다.

맑은 물을 따라 산다.
긴 수염을 말리면서
바위에 올라 해바라기 하다가는
강물에 뛰어들어
은자처럼 숨는다.

아무도 따라잡을 수 없는

유연한 몸놀림으로

은빛 비린내를 쫓아

재빨리 자맥질해 들어가는

샛강 수달,

작은 짐승 발자국

잣눈 쌓인 새벽,
일월산 비탈길에
작은 짐승 발자국이 찍혀있다.

가파른 비탈에 쓰러져
뼈만 앙상하게 남은
구상나무를 지나

무거운 눈덩이를 이고
깊은 명상에 빠져든
큰 바위를 지나

아무것도 없다 없어 가라 가라고
사납게 외치는
사나운 칼바람 소리를 지나

아뇩다라삼먁삼보리

먹을 것 없는 작은 짐승이

눈과 얼음의 적막 공간을 헤매 다니는

절체절명의 새벽,

실잠자리 날개

호수 한 귀퉁이
손톱만한 개구리밥에
실잠자리 한 마리 앉아
날개를 말리고 있네.

 누가 알겠는가.
이 실낱같은 것이 날아와서
고요한 호수에 파문을
일으키는 것을,

꽁무니가 물에 젖어도
무겁지 않고,
실오라기처럼 가늘어서
먹이를 물고 있어도
빼앗기지 않네.

가만히 앉아있어도

날아가는 듯한
투명한 날개가
간명한 시구 같네.

하도 가벼워서
가지고 싶은 것이 없네.
날아가다가 쉬는 곳이
내 꿈자리이네.

모르는 풀꽃 이름

인적이 드문 곳엔 풀꽃이 지천이네.

산에 들에는 모르는 풀꽃 이름이 더 많네. 메마른 땅에서 솟아오른 강아지풀 괭이밥 개망초 애기똥풀 개불알꽃 며느리배꼽 꿩의다리 도꼬마리 엉겅퀴 고들빼기 노루오줌 뚱딴지 개미취 돌쩌귀 너도바람꽃 봄비에 불쑥불쑥 솟아오르네. 지금도 소쩍새 우는 오지 봉화 봉양리엔 풀꽃 같은 사람들 살고 있을까. 길을 깎아 밭으로 만든 꽉새네, 비만 오면 논두렁에 서있는 논두렁개미네. 아들이 사준 논을 돌고 도는 백바퀴네. 그저 얻어먹기만 하려는 껄떡쇠네, 모르면서도 아는 척 나서는 동네까불네, 쓴 소리 잘 하는 똥물네, 사철 밀기울만 먹는 지울뭉태기네, 개 잘 잡는 개호래이네, 정낭에 빠진 아이를 구해낸 정낭개굴네, 화 잘 내는 뿔때네, 외동아들 총 맞아 죽은 탄알네, 노름으로 거덜 난 봉양꼬재이네, 부엌에 엄나무 가시를 달아놓은 엄나무꼭대기네, 들판 콩 뽑아먹고 연명하는 콩살이 영감네, 일 년 내 노랑 조밥만 먹는 차조밥네, 뭣이든 잘 찍는다는 찍쇠네, 가난에 찌든 택호들 하나하나 불러보면 우는 듯 웃는 얼굴들이 풀꽃처럼 흔들리네. 죽어라 죽어라 일만 하는 그들이 어리석다고 앞산 뻐꾸기가 날아와 오목눈이 둥지 안에 알을 낳네. 진실은 잊혀진지 오래 되었다고 앞산에서 소리치는 뻐꾸기 소리가 내 귀에도 가슴에도 파고드네. 산에 들에는 있어도 없는 듯이 자은 풀벌레 울음이 이슬처럼 바짝거리네.

아무리
팽개쳐 둬도
다시 피는
풀꽃들.

외딴집 불빛

산골 외딴집에서 새어 나오는
불빛이 아슴푸레하다.
고요한 연못에 퍼져 나가는
잔물결 같다.

정미소 바닥에 흩어진 쌀 낱알을
쪼아 먹는 참새 소리가
초저녁 하늘에 돋아나는 별처럼
간간이 반짝인다.

뒷산에서 수런거리는 컴컴한 숲이
가물거리는 불빛처럼
숨어 우는 풀벌레 소리를 데리고
먼 길을 간다.

해가 지고 달이 뜨고
어둠 속에서 누가

등불을 들고 나온다.

아무도 만나지 않은 바람이
외딴집 불빛을 찾아가
하룻밤 자고 가려는지
인기척을 한다.

느티나무에 모인 새들

동구 입구 느티나무에
떼를 지어 날아든
새들이 파닥거린다.

일을 끝낸 사람들이
돌아오는 어둑어둑한 저녁
모여 앉은 새들이
저들끼리 재잘거린다.

서편에 걸린 노을이
애잔한 염소 울음처럼
하루의 긴 줄을 잡아당기고
언덕을 넘어간다.

저물녘 떼를 지어 재잘거리는
새들의 슬픔처럼
어둠에 지워지는 마을이
불빛에 글썽거린다.

채송화 씨앗

얼핏 겉모습을 보아서는
남과 다른 아픈 사연을
알 수 없다.

화려한 모란꽃 그늘아래
무릎 꿇고 앉아
한참을 찬찬히 들여다보아야
그 속을 알 수 있다.

겉과 다른 속에
열린 꽃잎에 찬 이슬이 스며들어
떨어지는 까만 씨앗,

일어나지 못하고
엎드려 바닥을 납작 기어가는
혼자만의 곡절을 껴안은
앉은뱅이꽃,

철쭉제

봄날 철쭉꽃 만발한
소백산 능선에 오르면
불긋불긋 물든 마음이
꽃향기에 젖는다.

봉사 잔칫날 눈뜬 심봉사처럼
만발한 꽃송이가
퀄퀄퀄 쏟아지는 폭포를 받아들고
환하게 웃는다.

햇빛 눈부신 꽃송이마다
비릿한 꽃향기가
겹겹이 둘러싸인 능선을 넘어
멀리까지 날아간다.

봄날 철쭉꽃 만발한
소백산 능선에 오르면

불긋불긋 물든 마음이
꽃향기에 젖는다.

너도밤나무

연일 미세먼지 자욱한
도심의 거리에는
철 이른 봄부터
너도밤나무 잎이 진다.

궁궁궁 헬리콥터가
고궁하늘을 불안하게 지나가고
낚싯줄에 감긴 비둘기가
다리를 절룩이며
검정 비닐봉지를 쫓아간다.

고층 건물 그늘에는
어느 새 한 쪽 귀퉁이가 죽고
한 쪽 귀퉁이가 튀어나온
너도밤나무 열매가
시멘트 바닥에 구른다.

달팽이 거처

새로 돋아난 난초 잎을
달팽이가 갉아먹었다.
밤에 기어간 끈끈한 액체가
은빛으로 반짝인다.

살아가는 유일한 방법은
아무것에도 드러나지 않게
낮에 자는 일이다.
은거하듯 습한 곳에서
숨어 살아야 한다.

제집인 껍데기를 등에 지고
기어 다니는 달팽이,
느린 운명이 애달프다.
어두운 지하도 바닥에
라면 박스를 덮고
웅크리고 자는 노숙자는,

홀로 가는 달

길을 물으면 길을 모르니라.

하늘엔 길이 없다.

평생을 장님으로 더듬어 걸어가는 길은

홀로 찾고 홀로 얻을 뿐이니라.

허공에 뜬 달처럼,

3부

모자가 놓인 자리

보문사 해수관음

소원 하나는 꼭 들어준다는
보문사 해수관음이
파도 소리를 듣고 있다.

찢기고 부서지는 것이
삶의 행적이듯
썰물 빠진 갯벌의 게가
옆 걸음을 치며
바삐 기어 다닌다.

사나운 파도 소리를 듣고
탄식하는 해수관음이
어둠 속에서 치솟아 오르는 금빛을 받아들고
소원을 못 들어주겠다고
정병을 흔든다.

야크

벼랑길을 오르는 야크들의 거친 숨소리가
고드름이 되어 매달리는
설산 고원의 적막,

남은 부녀자들이 기원하는 주문처럼
주먹만 한 유성이
캄캄한 밤하늘로 꼬리를 물고
우박처럼 쏟아진다.

해발 칠천 팔백 미터 차마고도
아찔한 벼랑길을 아슬아슬하게 오르는
말발굽을 따라
돌이 굴러 떨어져 내린다.

마방이 내리치는 채찍을 따라
무거운 짐을 나르는 야크들 말방울 소리가
원난성 더친현 메리츠 산정까지
메아리치고 있다.

벽오동 심은 뜻은

환벽당 앞으로 흐르는 냇물에
우렁이가 살고 있네.
찬물에 혀를 내밀고는
바닥을 더듬어가네.

밤이면 숲에 숨었던 반딧불이가
날아다니는 곳,

시집 갈 딸을 생각하고
아버지가 환벽당 둘레에 심어놓은
벽오동 푸른 그늘에
천년의 바람이 불고 있네.

벽오동 그림자가 대청마루까지 뻗은
푸른 냇물 속,

우렁이 알이 낙상홍 열매처럼

빨갛게 붙었네.

아무것에도 오염되지 않은 냇물에

피라미들이 놀고 있네.

고라니 울음소리

봉화 오지 풍락산에서 으웨엑 으웨엑 무엇을 토해내는 소리가 난다. 어둠 속에 웅크리고 있던 능선은 아무 일도 없었던 듯 어제처럼 윤곽을 드러낸다. 새벽은 모든 것을 되돌려준다지만 큰 짐승 소리가 지나간 밤은 모든 것들이 쥐 죽은 듯하다. 간밤에 갑자기 새끼를 잃은 어미 울음소리인가. 오죽이나 참기 어려웠으면 으웨엑 으웨엑 저런 울음을 토해내겠는가. 어둠을 찢는 고라니 울음소리가 밤하늘 떨어지는 별똥별처럼 지나간다.

이슬처럼

이슬처럼 영롱한 지혜가 들게 해 주시고

휘어지는 버드나무의 슬기를 배우게 해 주소서.

늘 깨어 있는 푸른 정신을 주시고

새벽 종소리를 듣는 밝은 귀를 갖게 해 주소서.

어둠이 짙어질수록 빛나는 별을 우러르게 해 주시고

투명하고 맑은 눈을 갖게 해 주소서.

병산서원 달빛

불을 켠 듯 배롱나무 꽃이
제사음식 장만하는
종갓집 불빛처럼 환하다.

산을 안고 돌아나가는 강이
대대로 이어온 핏줄처럼
멀리까지 흘러간다.

물길을 따라 모여든
맑고 깨끗한 선비들
글 읽는 소리가
고요한 달빛에 일렁거리는
은물결 같다,

자욱한 풀벌레 소리에 젖은
만대루 여덟 개 기둥
칸칸 사이사이마다

고요가 스며들어 있다.

새 두루마기를 다려 입고
비갠 청산처럼 지켜온
엄한 선비가계가
고색창연한 달빛을 받아들고 있다.

굴뚝새

펄펄 흩날리는 함박눈이
환성을 지르고 박수를 쳐도
홀로 삣 삣 삣 우는
굴뚝새는 슬프다.

보금자리를 찾지 못해
구멍 난 돌 틈이나
시꺼먼 굴뚝에 날아들다가
끄름을 뒤집어쓴
굴뚝새는 우울하다.

온천지가 하얗게 눈부신 은빛이어도
혼자만 어두운 잿빛이어서
어울리지 못하고
이리저리 자주 자리를 옮겨 다니는
굴뚝새는 애처롭다.

함박눈이 펄펄 흩날리는 날

갈색 밤톨만 한

작은 몸을 뒤로 젖히고

외마디로 찢어지게 삣 삣 삣 우는

외톨이 굴뚝새,

모자가 놓인 자리

머물다가 떠난 자리에
누가 잊어버리고 간
모자 하나 놓여 있다.

풀밭에 떨어진 모과처럼
오래 쭈그리고 앉아
기다리던 시간이
혼자 중얼거린다.

큰 상수리나무에서 떨어진
쪼그라진 가랑잎이
모자의 둘레에 내려앉으며
바스락거린다.

떠나고 남은 빈자리에는
고요가 쌓인다.
허연 비둘기 깃털이 고요를 깨고

날아오른다.

뒤돌아보는 바람처럼
모자가 놓인 자리에
머물다 떠난 희미한 그림자가
아직도 남아 있다.

산란하는 홍게

12월에 비가 내리면
인도양 크리스마스 섬은
단풍 든 내장산처럼
온통 홍게로 덮인다.

수천만 마리 홍게가
때맞추어 산란하기 위하여
대이동을 한다.
섬 연안과 도로와 숲이
온통 붉은 빛깔이다.

12월에 비가 내리면
인도양 크리스마스 섬은
어기적거리고 기어가는
등 붉은 생명들이
온통 가득하구나.

소곡주

찹쌀을 고들고들하게 쪄서
정성으로 빚었다.

누룩 국화 메주콩을 버무려
백일동안 익히면
아주 깊은 맛이 난다.

미리 마련해 두었다가
귀한 손님이 오면 내어놓는
일품 한산 소곡주,

마신 뒤에 남는 그윽하고
깨끗한 향기가 좋다.

오목눈이 눈

바스락거리는 낙엽에
내려앉은 오목눈이가
주변을 이리저리 살핀다.

내일 먹을 양식을 위해
물고 온 도토리 알을
나무껍질 속에 박아놓고
후루룩 날아간다.

다음 날 다시 돌아와
눈을 좌우로 갸우뚱거리면서
숨겨놓은 곳을 찾지만
알아내지 못한다.

푸르던 젊음은 어느새 사라지고
이젠 눈이 흐려져
어디에 무엇을 놓아두고도

잊어버릴 때가 많다.

아득한 추억 속에
서리가 하얗게 내리고
어느새 무더기로 떨어진 낙엽이
구석으로 몰려간다.

강

베네수엘라 오로노코강
삼각지 인디언들은
지금도 물고기와 나무 열매를
먹고 산다.

마우리티아 야자나무 위로
날아가는 붉은 따오기 떼는
석양빛에 물든
조각구름 같다.

성근 띠 집을 짓고
노를 저어 사는
삼각지 늪지 인디언들은
아직도 풀잎으로 몸을 가리고
벌거숭이로 산다.

이 문명 시대에도 와라우족은

오로노코강이 오염된 것을 모르고

우글거리는 카이만 옆에서

와우와우를 잡는다.

벚꽃 그늘

82

벚꽃이 구름처럼 뭉게뭉게 피었네. 어둡고 추운 세상이 멀리까지 환해졌네. 사람들이 북새통인 것처럼 쓰레기통엔 쓰레기가 넘치네. 벚꽃이 만개한 이 기쁜 봄날, 허접한 생은 노구를 끌고 쓰레기통만 뒤지네. 깔깔거리고 웃는 웃음소리가 무더기로 흩어지는 벚꽃 같네. 벚꽃 그늘 아래로 배고픈 고양이가 옹야옹야하고 지나가네.

상객의 붓

상객으로 동촌 사돈댁 가시면
증조부는 떨리는 붓을 잡고
밀양 박씨 칭송하신다.

태어난 손자 족보에 등재하려고
안동 권씨 복야파 35손 종갓집에 가시면
후손 덕담하신다.

갓 쓰고 두루마기 정제하고
안동 삼태사묘 순례길 떠나시면
성화보 기리신다.

갈필 같은 수염 흩날리면서
집으로 돌아오실 때에는 구하기 힘든
쥐 수염 붓 한 자루 사들고 오신다.

책등

속을 읽을 수 있는
앞 얼굴은 가리고
돌아서있는 뒷모습만
보이고 있다.

정면으로 대하지 않고
모서리로 서서
서로 마음을 기대면서
생각하고 있다.

하나만 빼어내도
한꺼번에 우르르 무너지는
알 수 없는 세상은
쌓아올린 탑이
하루아침에 허물어진다.

자기 공을 내세우지 않고

무거운 짐을 지고

먼 길을 묵묵히 걸어온 사람을

짐작할 수 있게

한 줄 어휘만 보여준다.

내가 빗방울이 되어

내가 빗방울이 되어
강물로 모여든다면
혼탁한 이 세상과는 달리
맑은 강물에 노니는
금강모치가 되리.

뒤척이는 밤이 지나가고
서서히 새벽이 오면
강가에 걷히는 안개처럼
작은 풀잎에 구르는
영롱한 이슬이 되리.

욕망과 허욕을 비우고
단 하루도 사는 것 같이
겸허한 마음으로
강물에 일렁거리는
초록 산 그림자가 되리.

내가 빗방울이 되어
강물로 모여든다면
이두운 이 세상과는 달리
갈 수 있는 먼 곳까지
거슬러 올라가는
은빛 은어가 되리.

생각하는 사람

그대가 고뇌하는 것은
생각하기 때문이다.

그대가 순수한 것은
진실하기 때문이다.

그대가 온화한 것은
포용하기 때문이다.

그대가 겸손한 것은
나를 받아들이기 때문이다.

잡석이 오석에게

저것들은 속이 시꺼먼 이중인격자들이야. 자기들은 잡석이 아니고 오석이라고 으스대지만 보잘 것 없는 돌일 뿐이야. 처음부터 자기주장만 내세우고 남의 소리를 듣지 않는 고집불통들이야. 이내 깨어져 모래가 될 형국인데도 끝까지 버티고 입을 앙다문 벙어리들이야. 피 한 방울 나지 않는 비정한 인간들이 울려내는 저 단단한 쇳소리 들어봐. 죽어서 반질거리는 오석에 새겨놓은 공적은 아무도 믿는 사람이 없을 거야. 무덤 위를 날아가는 까마귀처럼 세상 무서운 줄 모르고 까욱거리는 오만한 몽상가들아.

4부

길들여진 사랑

때죽나무 꽃향기

햇빛이 드리워준 나무 그늘이
실바람에 실려
새소리처럼 하늘거린다.

자잘하게 피어난 잎이
오랜 흔들림 끝에
흩어놓는 진한 꽃향기는
멀리까지 간다.

해족이 웃는 아기웃음이
은파처럼 번지고
엄마의 향긋한 젖 냄새가
그늘처럼 내려앉는다.

실바람에 흩어지는
때죽나무 짙은 꽃향기가
화하게 퍼지는 박하 냄새처럼
온몸을 덮는다.

지게꾼 임기종씨

가파른 설악산 비탈길로
매일 바위덩이 같은 짐을 져 올리는
지게꾼 임기종씨,

잠시 짐을 작대기로 받쳐 놓으면
맞은편 산봉우리에 어리는
몸이 아픈 아내와 아들이
자꾸 눈에 밟힌다.

가파른 설악산 비탈길로
매일 바위덩이 같은 짐을 져 올리는
지게꾼 임기종씨,

배운 것 아무것도 없어
평생 힘들게 살아온 고달픈 역정이
조금씩은 장애인을 도와도
그래도 내가 할 수 있는 것이 있어 좋다고
어색하게 웃는다.

반성

바람이 부는 쪽으로
가랑잎이 굴러가고
캄캄한 땅에서
새가 날아오른다.

서리가 하얗게 낀 가슴에
찢어진 상처처럼
추운 길을 나선 사람들이
옷깃을 여민다.

뒤돌아보지 않고 떠나는
바람이 소리친다,
어둠이 파도처럼 찢기는
광막한 세상아,
상처뿐인 시간들아,

아무도 없다. 아무도 없다.

가슴이 캄캄해지도록

숨어 우는 귀뚜라미가

마른 가랑잎 더미에서 운다.

칼

도마 위에 오른 칼은 생을 갈라놓는다. 싱싱한 배추
무를 썰어놓는다. 펄떡펄떡 뛰는 생선을 단박에 토막내
놓는다. 날카로운 날은 늘 퍼렇게 서슬이 서있다. 남대
문시장 달러상인, 전당포 노파, 실업자 청년, 눈독 들인
여자의 남자, 모두 도마 위에 올라있다. 서슬 푸른 칼은
누워있어도 날을 세운다. 마음먹으면 살기를 품는다.

만종

저녁 종소리가 울린다.
근심에 찬 얼굴들이
어둑어둑해지는 하늘로 사라진다.

새들이 풀씨처럼 흩어진다.
어제와 같이 뜬 일월이
고개를 숙이고 무심히
언덕으로 넘어간다.

내일을 기대할 수 없는 오늘이
불안한 눈을 껌벅거리고
어둠에 옮겨 앉는다.

바람에 뒤집힌 은사시나뭇잎처럼
저녁 종소리기
온 누리에 울려 퍼진다.

망월

동편 하늘에 걸린
눈썹 같은 그믐달은
애달픈 사람이 보고

서편 하늘에 걸린
쪽배 같은 초승달은
슬픈 사람이 보고

하늘 한가운데 걸린
굴렁쇠 같은 보름달은
사무치는 사람이 본다.

하지 논물

논두렁에 솟아오른 쥐눈이콩 잎

써레질한 흙탕물에 꼬불거리는 올챙이

논물에 내려앉은 낮은 산

희미한 알루미늄 낮달

봇도랑에 왁자한 개구리 울음소리

척척 금간 농부 얼굴

쇠파리를 쫓는 황소 꼬리

논물에 찰랑거리는 워낭소리

둑방길

허전한 두 팔을 내젓는
석양의 둑방길에는
갈대가 서걱거린다.

살아온 것 같지 않게
아득히 소실점이 된 날들이
까만 풀씨를 맺고
떠날 준비를 한다.

잊지 못하는 이름을
허공에 외치는 메아리가
되울려오는 가슴에는
갈대꽃이 하얗게 날린다.

미안하다. 갈대야,
이제 나는 너는 남겨두고
해인으로 가는

마지막 영혼의 흐느낌을

들어야 할 때이다.

길들여진 사랑

앉아 하면 앉고
기다려 하면 기다렸다.
주는 대로 먹고
맹목 사랑에 길들여졌다.

사랑을 받아오던 나는
어느 날 홀로 남겨졌다.
길들여진 사랑을 모르고
매일 기다렸다.

어디서 아는 냄새가 나면
꼬리를 살랑거리고
밤이면 그리움에 사무쳐
하울링을 했다.

앉아 하면 앉고
기다려 하면 기다렸다.

주는 대로 먹고
맹목 사랑에 길들여졌다.

발자국 소리만 나도
귀를 곧추 세우고 기다렸다.
돌아오지 않는 사람을 모르고
그 자리에서 기다렸다.

안부

잃어버린 나를 찾아가요. 통유리 창으로 나무바다가 출렁거리네요. 참으로 오래만이라고 노란 마타리꽃이 손을 흔드네요. 협곡열차를 타고 승부역에 도착하니 빨간 우체통이 누이처럼 그동안의 안부를 묻네요. 잊어버린 나를 찾아가요. 하얀 초승달이 나를 앞세우고 가고 희미한 물소리가 나를 뒤따라오네요. 온 사방이 산에 둘러싸인 적막한 오지, 키 큰 소나무 꼭대기에 앉아 우는 휘파람새가 어머니가 불러주는 편지를 받아쓰고 있네요.

별빛 아래 잠들다

약속한 것이 없는데
누구를 기다리겠느냐.
나는 아무에게도
위안을 주지 못했다.

준 것이 없는데
무엇을 받으려하느냐
나는 아무에게도
기쁨을 주지 못했다.

가진 것이 없는데
무엇을 얻으려느냐.
아무것도 바라지 않고
하늘 이불을 덮고
별빛 아래 잠들었다.

채탄 갱부

석탄박물관 입구 골목 담벼락에
안전모를 쓴 사람 얼굴과 연탄이
실루엣으로 그려져 있다.

이마에 헤드라이트를 켜고
오늘이 마지막인 줄도 모르고
채탄하는 갱부들,

엑스레이 흉부사진에
허옇게 드러난 폐혈관 속으로
귀청이 찢어질 듯
바위를 뚫는 착암기 소리,

갱도가 무너져
울음바다가 된 광산촌에
까맣게 날리는 탄가루처럼
눈이 퍼부으면

채탄하는 막장 어둠 같은

캄캄한 가슴에

검은 눈이 쌓인다.

검은 강물이 흐른다.

가자미

바다 밑에 납작 엎드려
어둠 속에서 살지요.
파도에 짓눌린 등 쪽으로
눈이 몰려있어요.

해저 밑바닥에서 살려면
어둠에 익숙해야 해요.
위에서 내려오는 먹이들이
새까만 점 같아요.

바다는 늘 불안하지요.
나에게도 바위에 찰싹 붙을 수 있는
빨판이 있다면
걱정이 없을 텐데요.

밑바닥 엎드려 사는 게
나 혼자뿐이겠어요.

갖가지 우여곡절 겪어온 것들은
어둠에 익숙하지요.

어둠에 길들여지면
눈이 한 쪽으로 몰리다가
모든 걸 보지 못하게 되어
아예 없어진다지요.

서편 노을

노을이 퍼진다.
서편으로 기우는 해가
모자를 벗어들고
정중히 인사를 한다.

수고하셨어요.
언덕에 기대선 석양이
하루 일을 끝내고 돌아가는 나에게
눈짓을 한다.

감사해요.
일주일이 어떻게 지나갔는지 모르고
고달프게 보냈을 때
안아주는 다정한 말,

아프지 마세요.
외로운 풀벌레들이

외로운 사람의 가슴을 향해
속삭인다.

조심해 가세요.
서편 붉은 노을이
내가 멀리 보이지 않을 때까지
오래오래 서서
마중을 한다.

인연의 풍선

　포항 칠포 바닷가에서 날려 보낸 빨간 풍선이 일본에서 발견되었다. 간절한 꿈은 이루어지는가. 정월 대보름을 맞아 김학수 할머니가 공보견 공문점 두 손녀의 건강을 발원한 풍선을 도야마현 다카하시씨가 우연히 발견한 것이다. 풍선이 터지지 않고 어떻게 일본에까지 날아갈 수 있었을까. 한국 역사를 똑바로 아는 오카다씨가 이 사연을 듣고 빨간 풍선과 함께 두 손녀가 소원성취하기를 바라는 편지를 써서 우리나라 김학수 할머니에게 다시 보내왔다.

서정시의 미학과 창조력

- 권 달 웅

서정시의 미학과 창조력

권 달 웅

서정시의 밑바탕

나는 경상북도 오지 산자수명한 봉화에서 3남 1녀 중 막내로 태어났다. 들꽃 천지인 청정 산골에서 시오리 길을 걸어 초등학교에 다닌 것이 후일 내 서정시의 밑거름이 되었다.

나는 어려서부터 조부에게 천자문을 배웠다. 조부는 농사는 뒷전이고, 오로지 한학에만 매달려 우리 집은 가세가 기울었다. 나는 조부에게 천자문을 매일 8자씩 배우고 외웠다. 나는 조부가 붓을 들 때마다 옆에서 무릎 꿇고 먹을 갈았다. 얼마나 먹을 많이 갈았는지, 그 벼루가 계란 한 개 정도로 움푹하게 파였다. 연적에 물을 담을 때면 공기 방울이 뽀그르르 하얗게 올라오는 모양이 여간 재미있는 것이 아니었다.

나는 천자문을 다 떼지 못했다. 어느 날 나는 어머니를 따라 산 너머 외갓집에 갔다가 하룻밤을 자고 왔다. 다음 날 집에 돌아와 할아버지 앞에 앉은 나는 매일 외워가야 하는 한자 8자를 잊고 외우지 못했다. 그러자 조부는 들고 있던 긴 담뱃대로 내 머리를 때렸다. 담배를 담는 끝부분이 쇠로 되어 있어, 내 정수리는 이내 콩알만 하게 부어올랐다. 철이 들지 않았던 나는 사랑방에서 그만 뛰쳐나와 버렸다. 나의 천자문 공부는 그렇게 끝이 났다. 청년이 되어서야 나는 천자문을 다 배우지 못한 것을 두고두고 후회했다.

움베르토 에코는 '사람이 영원히 사는 방법 중의 하나는 자식들에게 유전자를 남기는 것'이라고 했다. 가끔 나는 한학을 하면서 한시를 쓰던 조부의 유전인자를 물려받았다는 생각을 한다. 외고집 생원 같은 조부의 가르침으로 나는 지금까지 경제와는 거리가 먼 시를 쓰고 있는 것은 아닐까.

어머니의 농사일

막내였던 나는 8살 때까지도 어머니 곁을 떠나지 못했다. 어머니가 밭을 맬 때도 밭고랑을 졸졸 따라다녔다. 자식은 아무리 잘해도 어머니의 사랑에는 미치지 못한다. 여행 한 번 보내 드리지 못하고, 속만 썩인 나는 지금 어머니 생각만 하여도 가슴이 저리다. 배우지 못한 어머니는 억척으로 농사를 지어 나를 대학에 보냈다. 어머니는 신학기가 되면 소를 팔아 마련한 등록금과 함께, 이웃집 누나에게 부탁해 불러 쓴 편지를 나에게 보냈다. 그때마다 어머니는 나에게 이렇게 당부하셨다.

"다루나 차 조심 하그라. 돈 애꺼 쓰고, 암커이 배골
치 마그라,"

이제야 그걸 아는 내가 지금 뒤늦게 철들어 보내는 답장을 어머니는 천상에서 어느 누구에게 부탁해 읽고 계실까. 나는 그런 어머니의 눈물과 한을 안개꽃에 비유해 쓴 시가 있다.

논두렁 밭두렁 지나
닳고 닳은 호미를 들고 걸어오시는
우리 어머니 한숨 같은 꽃이여.

어려운 사람살이 무슨 꿈으로
하하하 하하하하 하얗게

웃으며 눈물 참는가.

눈물 참으며 웃는가

해 저문 아득한 하늘에

하나 둘 돋는 별을 새기며

공부하는 자식 생각하고 돌아오는

우리 어머니 눈물 같은 꽃이여.

－「안개꽃」 전문

박목월 선생님의 편지

학업을 계속할 형편이 되지 못해 대학 1학년을 마치고 휴학을 했다. 입대를 하려고 고향에 내려가 있을 때, 박목월 선생님께 편지를 드렸다. 마침 따놓았던 대추가 있어서, 조그만 광주리에 담아 보내 드렸다. 눈 쌓인 겨울 적막한 산골에서 선생님의 사랑이 담긴 답장 편지를 받은 나는 너무 감격하여 편지를 읽고 또 읽었다.

나는 지금도 그때 선생님이 나에게 보낸 편지를 보물처럼 간직하고 있다.

권군,

편지와 보내준 대추 잘 받았다. 대추는 집에서 딴 것

이라 하니 고맙게 받기도 했지만, 어머님께 드릴 일이지, 왜 이 멀리 보냈는가.

문학은 그것에 대한 성의와 꾸준한 노력으로 열어 가는 길, 한번 뜻을 정했으면 군의 모든 시간이 자기의 야심을 증명하는 순간이 되도록 힘써라. 더구나 방학 동안에는 시에 열중할 수 있는 좋은 기회라 믿는다.

책은 시집뿐만 아니라, 고전적인 소설도 이론 서적도 읽어야 한다. 감정이 우러나오는 근원이 깊지 못하면 좋은 시를 쓸 수 없음이 당연하지 않겠는가.

이 겨울 방학 동안에

① 세계문학전집 중 무게 있는 소설 열 권 쯤

② 세계전후문제시집(신구문화사)

③ 문학이란 무엇인가(싸르뜨르, 김붕구 역)

④ 문예사조(어문각)

⑤ 예술론(톨스토이, 계용묵 역)

이상 몇 권의 책은 다 읽도록 하라.

③, ⑤는 구하기 어려울 것이나, 안동이나 대구 가는 인편에 부탁하면 구할 수 있을 것이다. 나머지 책들은 신간이므로 구하기 어렵지 않을 것이다.

새 학기에 건강한 얼굴로 다시 만나자.

1965년 1월 5일

박목월

이 편지에는 문학청년이 읽어야할 책이 소상히 적혀있다. 좋은 글을 쓰기 위해서는 무엇보다 근원이 깊어야 함을 강조하면서, 반드시 읽어야 할 책과 출판사를 자상하게 안내해주고 있다. 책의 구입처까지 알려주시는 선생님의 제자 사랑하는 마음을 느낄 수가 있다.

'감정이 우러나오는 근원이 깊지 못하면 좋은 시를 쓸 수 없다', '시에 열중하라', '모든 시간이 자기의 야심을 증명하는 순간이 되도록 힘쓰라'는 말이 지금도 귀에 또렷하게 들려온다.

매일 땔나무를 해 와서 피곤했지만, 나는 시인의 꿈을 안고 밤을 새워가면서 선생님이 소개한 책을 구입하여 다 읽었다. 나는 이 시기에 내 생애에 가장 많은 책을 읽었다고 생각한다.

나의 문학수업 시절

2년 6개월의 군대생활을 마치고 제대를 했다. 복교하는 날 선생님을 찾아뵙고 인사를 드렸다. 그동안 아무 소식이 없다가 불쑥 나타난 나를 보자, 선생님은 시를 열심히 쓰라는 당부를 하셨다.

"그래 군에 갔었나. 고생했데이. 니 이제 열심히 시 쓰거라. 일주일에 꼭 3편씩 정리해 가지고 오거라. 알 았제?"

"예"

일주일에 시 3편을 써 오라는 선생님의 말씀에 주눅이 든 나는 기어들어가는 목소리로 겨우 대답했다. 새 학기가 시작되고 이내 석 달이 지나갔다. 신록의 계절이 다가고 있는데도 나는 선생님과 약속한 시 3편의 약속을 지키지 못하고, 계속 피해 다니기만 했다.

5월이면 한양대학교 인문관 계단으로 올라오는 언덕에는 아카시아가 만발하여 그 향기가 교정을 덮었다. 바위에 우두커니 앉아 있으면 분주히 꿀을 따느라 닝닝거리며 날아다니는 벌들의 소리가 아카시아 향기와 함께 내 가슴속으로 날아들어 왔다. 나는 가끔 아카시아 향기에 취해 아무 생각도 없이 혼자 그 그늘에 앉아 있었다.

1년이 지나가도록 나는 선생님에게 보여드릴 만한 시 한 편을 쓰지 못했다. 그래도 『20세기 영미시의 이해』는 겉장이 부풀 정도로 끼고 다녔다. 선생님의 강의가 끝나면 부를까봐 조바심했다. 지금도 나는 선생님의 명강 노트를 그대로 가지고 있다.

2학기 종강을 눈앞에 두고 있는 어느 추운 날이었다. 강의를 끝내고 나가신 선생님이 나를 찾는다고 어느 학생이 전해주었다. 복도로 얼른 나가보니, 선생님이 서 계셨다. 큰일 났구나 싶었다. 기다리고 있던 선생님은 내 손을 덥석 잡으셨다. 나는 그 때 선생님의 손이 그렇게 크고 부드러운 줄을 처음 알았다.

"니 나하고 약속해놓고 시 와 안 써 오노? 시는 아주 이잤부렸나? 얼굴이 이게 뭐고? 자취한다 그랬제. 빠다 있잖나? 그걸 밥에 비벼 묵거라. 꼭 시 써 온네이. 손이 와 이리 차노? 이거 내 연구실 키다. 손 좀 녹이고 대학원 갈 준비도 하고 열심히 시를 쓰그라."

선생님 연구실 키를 받아든 나는 어찌할 바를 몰라 아무 말도 하지 못했다. 시를 쓰지 못하고 실의에 빠져 있던 나는 '모든 시간이 자기의 야심을 증명하는 순간이 되도록 힘써라.' 는 선생님의 말을 되새기게 되었다.

졸업하고 나서 나는 더욱 시 창작에 몰두했다. 마침내 1975년 7월에 박목월 선생님에 의해 『심상』 신인상에 당선되었다. 등단 후 지금까지 45년 동안 나는 '서정의 적자'라는 평을 들을 만큼 청명한 서정시를 지속적으로 쓰고 있다.

대상에 대한 인식과 시점

　서정은 내 시의 원형질이며 시의 밑바탕이 된다. 시는 자신의 경험이나 내면의 갈등을 등가적 사물에 유추하여 나타낸 것이다. 시는 삼라만상의 사물을 통해 인간의 삶과 죽음, 비애와 갈등, 존재와 허무 등을 이미지로 나타낸 것이다.

　R. G. 콜링우드는 시에 나타난 대상을 크게 두 범주로 구분하고 있다. 하나는 대상이 그 존재를 위해 어떤 것에 의존하는 시관이고, 또 하나는 대상이 그 어떤 것에도 의존하지 않는 시관이다. 전자는 인간적인 관점으로 대상을 보아 감정적 오류를 남기기 쉬운 반면, 복합적이고 입체적인 시상을 전개할 수가 있다. 그러나 후자는 비정적인 관점으로 보아 감정적 오류를 거부하는 반면, 단편적이고 평면적인 시상을 전개할 요소가 있다.

　시는 대상을 어떤 시점으로 바라보느냐에 따라 그 성격이 달라진다. 대상을 현실과 어떻게 연결하여 알레고리화하냐에 따라 시의 성패가 좌우된다. 시의 시점은 대상의 본질 그 자체를 볼 것인가, 아니면 대상을 현실에 유추하여 알레고리화하여 나타낼 것인가를 생각하게 된다. 대상과 현실을 어떻게 바라보느냐가 중요한 관

건이 된다. 그 이유는 현실을 알레고리화한 시는 현실을 굴절하고 있는 미학적 측면을 지니고 있기 때문이다. 알레고리의 시는 현실을 투영하더라도 감각적이거나 비유적 이미지로 표현하면 현실이 더 현장감 있게 전달되고 환기된다.

나는 이러한 대상에 대한 시점을 두고 있어 간결하고 이미지가 선명한 감각적인 시를 좋아한다. 나는 사물을 통해 현실 속에서 살아가는 내 삶을 들여다보고, 현실의 나를 재구성하기 위하여 시를 쓴다.

대상과 내면의 유추

나는 대상이 지니고 있는 존재의 본질에 시점을 두고, 대상과 내면의 관계를 유추하는 서정시를 쓰고 있다. 거대한 문명의 틈서리에서 소리 없이 사라져가는 것들, 아주 작고 사소한 것들, 약하고 하찮은 것들, 이런 것들을 하나하나 불러들여 생명을 부여하고 있다.

나의 시는 삶의 근원적인 물음에서 출발하여, 그에 대한 답을 아주 작고 약한 것들에서 찾는다. 작고 약한 것들이 우주의 소중한 구성체이기 때문이다. 나의 시안은 언제나 살아 움직이는 생명들의 원형질에 두고 있다.

나는 문명에 의해 사라져버린 것들에 대한 그리움과 문명에 길들여진 인간의 삶을 조응하기 위해 시를 쓴다. 나는 현대를 살아가면서 문명의 인위성과 자연의 순수성, 이 상반된 두 개의 연민 속에서 서정시를 쓰고 있다.

내 시 속에 있는 나무, 풀꽃, 벌레, 새, 물, 돌, 별, 바람은 현실에서 사라져가는 자연의 빛깔과 소리들이다. 삼라만상의 사물들은 나의 삶을 비춰보는 거울이며 도덕경이다. 나는 앞으로도 오지의 맑은 자연환경을 배경으로 서정시를 쓰고, 그것을 노자의 무위자연 사상과 이어가며 세계를 열어갈 것이다.

내가 쓴 시는 삼라만상들이 나와 함께 소통하면서 사는 숨소리이다. 그것은 현실과 나 사이에 벌어진 갈등이며 비애의 산물이 될 것이다. 내가 시를 쓰는 것은 대상이 나와 관계 맺고 도달하지 못한 현실의 꿈을 추구하기 위해서이다. 시의 미학은 물방울에 부서지는 아침 햇살처럼 순간적으로 어두운 삶과 현실을 비춰주는 데에 있으며 내 마음을 발산하는 데에 있다.

서정시의 미학과 창조력

쟈끄 마르땡은 그의 저서 『시와 미와 창조적 직관』에

서 사물에 대한 직관은 미를 느끼는 데에 가장 핵심이 되는 본질적인 힘이라고 말하고 있다. 직관은 수많은 경험과 순간의 정감적 교감에 의해서 창출되기 때문이다. 서정시의 미학은 내면에 포착된 대상을 새롭게 재구성하여, 감각적인 이미지로 투영한다. 이러한 미학적 직관은 단순한 정감을 초월하여 내면에 축적되어 있던 사물로 확대하고, 다른 또 하나의 것들을 떠오르게 한다.

시의 미학과 창조적 직관을 유발하는 본령적인 요소는 사물이 지닌 본질적 요소와, 내면이 지각하는 감각적 요소의 접합에 의해 형성된다. 시정시의 미학과 창조력은 사물과 내면의 등가적 이미지로 떠올려진다. 시는 외부 세계에서 경험하고 느낀 것을 자신만의 고유한 내면 세계로 표현한 것이다. 이것은 신에게나 어떤 전능한 계시에 의해서가 아니라, 시인만이 느낀 경험과 상상력에 의해 어떤 특수한 상태에서 태동한다. 서정시의 정감과 미는 어떤 개별성 속에 솟아오르는 구체적 사물로 재창조되는 것이다.

내 시는 지금까지 내가 쌓아온 서정의 집합이며 경험한 감각들이 곤충의 더듬이처럼 돌출한 것이다. 나의 내면과 사물이 유추해내고 환기하는 감각의 총체들이다. 내가 걸어온 서정의 보폭은 늘 유목의 피를 묻히고 있어서 한 자리에 앉아있지 못하고 순례자처럼 떠돌아다닌다. 내 시의 이미지는 대상과 내가 소통하면서 경험하고 사유한 파편들이다.

시는 경험론적 감각과 보편적 정서가 합일해야 독자에게 공감을 줄 수 있다. 미적 감각은 경험과 대상을 사유하고 감각적 대상으로 재구성하여 하나의 특수한 상태로 현현한다. 이 특수한 상태는 현실 속에서 경험한 대상들을 불러내어 교감한다. 상상은 구체적 사물에 의해서 질서화하고 질서화한 대상은 현실을 살아가는 자아의 삶을 환기한다. 나는 서정시를 통해 내 삶을 성찰하고, 지금까지의 경험을 재구성하여 구체적 이미지로 떠올려줌으로써 거울을 보듯 내 모습을 확인한다.

삭막한 도시의 아파트 베란다에 내리는 빗소리는 내가 시상에 젖을 수 있도록 귀를 열어준다. 어쩌다가 고향에 내려가 만나는 청정 산골의 물소리, 고요한 밤하늘의 별바다는 답답한 내 가슴을 시원하게 씻어준다. 나는 앞으로도 작은 풀벌레 소리, 새소리를 귀담아 들으면서 '서정의 적자'라고 불릴 만큼 자연의 숨소리를 담아 청명한 서정시를 쓸 것이다.